JUNIUS INFERNAL

OU

LE JUNIUS DES JUNIUS

PETITES SATIRES

POLITIQUES MORALES ET LITTÉRAIRES

PAR

F. TAPON FOUGAS.

« Ainsi que Juvénal, le fléau des pervers,
Donner aux bonnes mœurs un asile en ses vers,
Émousser sous le dais le fer du despotisme,
Égorger sur l'autel le Dieu du fanatisme,
C'est rendre la satire utile à l'univers !... »

(*La Satire des satires.* — GINGUENÉ.)

Quatrième Livraison.

BRUXELLES	LONDRES
CHEZ TOUS LES LIBRAIRES...	CHEZ A. PETSCH ET Cie,
de bonne volonté.	27, Leadenhall street, E. C.

1862

JULES JANIN

ÉREINTANT LES *MISÉRABLES*

EN 1831.

Au moment de donner à *Méphistophélès* notre *Première à Jules Janin*, nous lisions dans le *Courrier de Paris* de l'*Indépendance belge* du 24 mai : « que M. Jules Janin, après le tournoi électoral académique de MM. Camille Doucet et Autran, avait reçu de MM. les académiciens l'offre du fauteuil de Scribe, qu'il aurait noblement refusé, pour ne point être un obstacle au succès d'une certaine candidature... plus ou moins problématique. »

Afin de rendre à M. Janin, d'un côté, ce que nous pouvons lui ôter de l'autre, nous reproduisons ici quelques pages de l'excellente préface qu'il avait mise en tête de la *Confession*, et qui, malgré leur date plus que trentenaire, sont de l'actualité la plus saisissante. Quelle que soit la longueur de cette citation, nous espérons que nos lecteurs, comme l'auteur lui-même, ne peuvent que nous en savoir un gré infini... c'est du *véritable nanan satirique*, du Pontmartin avant la lettre, comme dirait un correspondant de l'*Indépendance belge* ; qu'on en juge :

« Prenons pour exemple une coterie fameuse, toute composée de ces *hommes à fronts larges et à vastes poitrines* (ces mots sont soulignés par l'auteur) dont, vous avez sans doute entendu parler ; vous allez comprendre à qu'il l'a menée cette fureur d'inventer.

« Cette secte qui est vive jeune, pleine de sève, et qui *donnait tant d'espérances*, débute d'abord par de beaux vers qui s'appellent tout simplement *des odes* ; elle s'empare de la poésie de la restauration. On l'écoute autant qu'on peut écouter des hommes qui font des vers. Ce ne sont pas encore là les hommes qui inventent, ce sont des jeunes gens qui promettent ; aussi n'y-a-il qu'à louer jusque là.

« Mais arrive l'ambition. On ne se contente plus de refaire, on veut créer quelque chose, et l'on invente : devinez quoi ? une chose faite depuis des siècles : on invente *le moyen âge*. Relevez-vous. tourelles, hauts clochers, tombes armoriées ! réveillez-vous, paladins et clergé ! Voila ce qu'on invente ! comme si nous n'avions pas Froissard, le sire de Joinville et nos vieux fabliaux ! Que voulez-vous ? c'est peut-être un commencement d'invention.

« Après avoir inventé le moyen âge, on invente l'*Espagne* : l'Espagne, Grenade, Cordoue. les Maures, toute l'histoire de M. de Florian, *Gonzalve de Cordoue*, que sais je ? Il y avait cependant inventées, bien avant tout cela, les *Romances du Cid*.

« Ne croyez pas qu'on s'arrête. Après avoir inventé l'Espagne, on invente aussi l'*Orient*, ses villes d'or, ses mosquées. ses harems, la sulamite, le Bosphore, l'o. ium et l'essence de roses ; on oubliait les *Mille et une Nuits* et le *Giaour*.

« J'oubliais de dire que dans l'intervalle on avait encore inventé les goules. les larves. les gnomes, la salamandre. les vampires, tous les *contes de Perrault*, les admirables chefs-d'œuvre de notre Perrault, que notre stupide époque a remplacés par les contes de M. de Bouilly.

« Quand il ne resta plus rien à inventer pour le fonds. on inventa dans la forme ; on fit une langue plus énergique que la langue du dix-septième siècle : on *inventa Ronsard* et l'enjambement dans le vers ; ce fut là une belle invention par Dubartas !

« Après quoi on voulut inventer un théâtre... Rien n'était *plus facile que cela ;* les quatre planches du Théâtre-Français étaient vacantes et on les aurait données à Scarron s'il était encore de ce monde. D'abord se rencontra un poëte de la foule qui inventa la traduction. qui se dit à lui même : « J'aurai ma soirée, » et qui imprima ensuite : « J'ai eu ma soirée. » parce qu'il avait inventé l'Othello de Shakespeare. scène par scène, je ne dirai pas mot pour mot de peur d'indigner ton ombre grand William !

« Vous savez, cher Ariste (*). quelle a été la dernière et la plus grande de toutes ces inventions : une tragedie etincelante de beaux vers et de barbarismes (**), mais composée à force de souvenirs, jetée sur le vieux patron de la vieille tragédie. En vérité, il n'y avait dans tout cela que le parterre qui fût tout neuf. Vous vous en seriez aperçu je vous jure, aux exclamations et aux cris admiratifs de la foule. pendant que les loges écoutaient dans le silence de l'etonnement et du chagrin.

« Mais vous vivez bien loin de nous. mon ami ; vous ne savez rien de ces transports littéraires qui ressemblent à de la haine que c'est un plaisir, et que vous nous envierez peut-être. parce que, en dernier résultat, c'est encore la une émotion littéraire, et nous en avons si peu !

« Toutefois, vous avez assez compris la question pour bien savoir qu'au milieu de ces circonstances et au plus fort de ces petites guerres qu'on se livre toujours incognito, toutes les fois qu'il ne s'agit que de vers ou de prose, non de musique et de modes, le plus sot rôle à jouer, c'est celui de

(*) *Ariste* était probablement. alors un ami d'*Eraste*.
(**) Nous croyons qu'il s'agit du *Roi s'amuse* ou d'*Hernani*. Cette préface date de 1830 ou de 1831.

chef de secte ; aussi personne dans les sages n'a voulu de ce poste périlleux. Avant d'abriter le grand homme qui y tient sa our à présent. notre Ferney a eté offert a toutes les célébrités de l'epoque ; aucune d'elles n'en a voulu.

« Je n' sais rien de plus monarchique que la republique des lettres. A ce peuple coassant il faut un maitre a tout prix, grue ou soliveau ; il n'aura pas de repos avant d'avoir donné le sceptre a quelqu'un. Qui veut de ce sceptre ?

« Naturellement, on l'a d'abord offert au poëte qui a trouvé la poésie moderne, a celui qui nous a révélé notre vieille France monarchique et chrétienne ; mais l'auteur des *Martyr* n'a pas voulu.

« Est venu ensuite M. de Lamartine. Sans lui, cette langue française qui sert si merveilleusement a tous les caprices de nos inspirés comme une prostituée au libertinage public, en serait encore réduite à la mélodie des almanachs de 1700 (*). Sa ns les *Méditations*, nos grands poëtes du dix-neuvième siècle en seraient encore aux poésies érotiques et aux contes persans. M. de Lamartine n'a pas voulu.

« En fait d poésie active et réelle, qui se mêle à la vie d'un peuple et qui le passionne, ne fût-ce que par le souvenir de son beau langage personne n'avait plus de droit a ce sceptre litteraire que l'auteur du *Paria* et de *Faliero*.

« Le poëte national, le poëte, non pas le plus inspiré, mais le mieux inspire et le plus français de notre âge, M. Casimir Delavigne, n'a pas voulu être roi solennellement.

« On a fait entendre au Marivaux moderne, au seul auteur qui ait fait école de nos jours, a M. Scribe, esprit fertile qui nous a tant amusés. peintre indulgent de notre petite soc eté de hasard, que s'il voulait être le maitre de la littérature, et tout plier a son joug d'ivoire, la chose etait facile et sans contredit. M. Scribe a tout ce pouvoir pré erait un fauteuil à l'Academie, nous dit on car les fauteuils même de l'Académie ont doub e de valeur depuis toutes les inventions dont je vous parle ; les hommes sages veulent être academiciens, ne fût-ce que pour prouver au public qu'ils n'ont pas rang parmi les inventeurs.

« Ainsi donc, le sceptre fut longtemps porté de l'un à l'autre parmi ceux qu'on en jugeait dignes . aucun de ceux la n'en voulut, si bien que la république des lettres menaçait de rester republique encore longtemps.

« De cela le public se réjou ssait et se récriait aux députés chargés d'offrir le sceptre : « Littérateurs qu'avez vous besoin d'un chef ? Que voulez vous faire d'une litterature uniforme qui donne toujours le même son ?...Voulez-vous donc tous être poitrinaires, asthmatiques, morts et enterrés ? Restez ce que vous êtes, libres, indépendants. sans chef... — Le chef de quoi d'ailleurs ? le héros de quelques jeunes femmes a tête exaltée, qui se font à elles-mêmes toute la poésie qu'elles admirent ! le Dieu des écoliers de l'Estrapade, qui n'ont jamais rien appris au collége, et qui le prouvent en offrant leur

(*) Pardon, maitre, vous oubliez Gilbert, André Chénier et Millevoye, ce me semble !...

admiration à qui la ramasse ! » Voici ce que disait la foule, et dans la foule d'autres remontrances s'élevaient qui avaient aussi leur poids.

« Ces humbles remontrances venaient de quelques hommes fort désinté-ressés dans la question et toujours sûrs d'être sans maître (*), même avec un roi littéraire, car en ceci ils ne reconnaissent pas de royauté. Ces oppo-sants, amoureux de l'art en lui-même, critiques bienveillants pour les indi-vidus, *inflexibles pour les corporations*, disaient tout haut combien de fois *les systèmes avaient tué les lettres naissantes*, et dans les littératures faites com-bien de belles espérances la *royauté*, ou si vous aimez mieux, l'*usurpation*, avait *étouffées*; la royauté avec ses barbiers, ses chambellans, ses valets, ses grands seigneurs, ses sinécuristes. Nous sommes république, disaient-ils ! pourquoi dire à celui-ci : Tu régneras?

« Voilà, mon cher Ariste, par quelle suite d'oppositions, de combats, de résistances, et par quelle nonchalance dans les hommes qui pouvaient se défendre avec succès, nous avons enfin un roi littéraire. Les sorcières l'a-vaient dit : *Tu seras roi, Macbeth*; Macbeth est roi, Macbeth jouit de ses conquêtes, Macbeth s'en prépare de nouvelles. *Où se rendront les habitants opposants de cette petite île* qu'il a conquise? A présent, *comment être poëte autrement que lui? comment oser s'avouer d'une autre secte? La dictature* est déclarée, les faisceaux et les haches sont là, *les plus fiers ont baissé la tête.*

« Vous parlez des *terreurs politiques*, mon ami; la *terreur littéraire* est bien plus à craindre : le drame a eu ses *septembriseurs*; au Théâtre-Français on a crié : « *A la lanterne !* » Vous n'avez pas vu cela, Ariste; mais je l'ai vu, moi, et je ne vous le rapporte qu'en tremblant.

« Que voulez-vous ? on ne fait pas *une œuvre d'art* sans quelque bruit, on ne jette pas au dehors *une pensée complète de poëte* sans un peu de scandale; on est Luther ou on ne l'est pas. Qui dit Luther, dit toute une longue his-toire *pleine de sang et de bûchers !...*

« Témoin *le despotisme* de Voltaire et des encyclopédistes, et GILBERT MORT, et J.-J. ROUSSEAU DEVENU FOU (**) ! »

Eh bien, M. Thécel, pensez-vous que si, au lieu de se rallier à la *corporation* Hugo, Dumas, Hetzel, Mané, Thécel, About, et autres, Jules Janin eût persisté dans cette haute critique, il n'aurait pas, depuis longtemps, son fauteuil entre celui de Villemain et celui de Saint-Marc Girardin?

LE JUNIUS DES JUNIUS.

(*) Encore une fois, pardon ! je crois qu'ils l'ont accepté comme les au-tres, sans trop tarder.

(**) Nous avons un peu transposé ces deux lignes, mais elles sont trop coquettes pour s'en plaindre.

SATIRE XVIII.

LA PREMIÈRE A JULES JANIN

I

AU MAGASIN! — L'ANE MORT.

On ne te trouvait plus!... — Oui, mon pauvre JANIN,
Déjà ton *Ane mort* était au magasin!
C'est triste, n'est-ce pas, quand on est plein de vie!
D'une ardeur pour la gloire encore inassouvie;
Quand on est acclamé, vanté par vingt journaux
Des plus accrédités, — mais non des moins vénaux, —
De se voir renié comme une vieille lune
Des Pradon, des Cottin, partageant la fortune.

Quant aux *Petits Bonheurs,* au *Neveu de Rameau,*
Tes *débris de journaux,* imprimés à nouveau,
Hélas! il n'est plus nul cabinet littéraire
Qui sache ce que c'est.—« Nous n'en avons que faire!...
» Depuis longtemps Janin ne se demande plus;
» Je ne sais si jamais ses livres se sont lus!.... »
Telle est la voix de tout cabinet de lecture;
— Leçon qui doit paraître, à ton oreille, dure!... —
Que veux-tu, pauvre ami? je suis historien,
Je dis ce que l'on dit... je ne déguise rien;
Pour plaire aux plus puissants je ne mens ni ne flatte;
Tous sont égaux devant et ma hache (*) et ma latte (**).

(*) M. J. Janin a baptisé quelque part les satires de Junius du nom de *francisquines,* sans doute par allusion... au double tranchant de la hache gauloise... et de notre prénom.
(**) Dans certaines contrées on appelle ainsi la *perche* à *gauler* les noix.

Ainsi que je la vois je dis la vérité,
Afin d'être entendu de la postérité.
Il faut donc que je prenne à deux mains mon courage
Et que je te relise, ouvrage par ouvrage.

Tiens!... je viens d'avaler déjà ton *Ane mort*...
Pouah!... — Nous voyons pourquoi personne n'y remord!
— « Je croyais, diras-tu, faire aussi ma satire (*). »
— Mais la satire était une école, et la pire;
Le monstrueux qu'ainsi tu croyais arrêter,
A son funeste essor tu n'as fait que prêter!
Tu l'avais embelli de ton esprit, ton style;
On voulut renchérir encor sur ton *idylle*.
Le malheureux Charlot « que des chiens dévorants
Se disputaient entre eux » eut des attraits plus grands
Que Charlot gambadant, ruant sous Henriette (**);
Le sang de Montfaucon et la morgue muette;
La prostitution du Trône (***) à l'Opéra;
Les Capucins, hospice où le fer opéra
Sur elle et la guérit... au profit de Julie,
La maîtresse d'un lieu qu'une muse polie

(*) Citons ici quelques lignes à l'appui : Maudit soit, m'écriai-je, — c'est le héros qui parle. — maudit soit le premier qui s'est avisé de *faire de l'horreur métier et marchandise!*... Maudit soit la nouvelle école poétique avec ses bourreaux et ses fantômes ; ils ont tout bouleversé dans mon être : à force de me faire observer le monde moral dans ses plus mystérieuses influences, ils m'ont empéché de remarquer que cette jolie petite Jenny n'était p'us un enfant!... » (L'*Ane mort ou la femme guillotinée*, chap. XI page 96). Vous trouverez peut être que la fin tourne un peu en queue de poisson, *d sinit in piscem*, et que ce n'était guère la peine de se mettre dans une si grande colère a cette occasion-la, puisque Jenny n'était qu'une blanchisseuse qui venait annoncer a l'auteur qu'elle se mariait... L'auteur est furieux de ne pas s'être aperçu que Jenny avait pris une année tous les ans, ce qui lui en faisait dix huit pour le moment... Est-ce que l'on regretterait de ne pas avoir pris certains droits du seigneur?... Ah! monsieur Janin! vous qui traitez si mal les résurrections du moyen âge... fi donc!...

(**) Charlot était le nom de l'ane, et Henriette celui de la femme guillotinée.

(***) Il va sans dire qu'il s'agit de la barrière de ce nom.

Ne peut même indiquer; le coup dont galamment
On immole celui qui fut premier amant,
Et le premier aussi que le hasard amène
Dans les bras de *Ritta* (*) qui se venge en Romaine;
Sa condamnation, son geolier, leurs amours,
Qui de neuf mois encor prolongeront ses jours;
Enfin la délivrance à la Bourbe, où le père
Vient chercher son enfant, fils de la prisonnière
Que l'échafaud réclame... et le second Charlot (**);
La coulisse et son trou remplaçant le billot;
Clamart et sa facture, et le panier rougeâtre;
Le linceul virginal... enfin, l'amphithéâtre!
  JANIN, voilà ton œuvre et son rayonnement!
Car tu sais, — on le vit trop par l'événement, —
Quels ont été les fruits de tes morales thèses,
Et de tous ces pétards lançant leurs antithèses.
Tes tableaux, il est vrai, comme tous les portraits,
N'étaient que raccourcis esquissés à grands traits;
De peur de s'enfoncer dans cette pourriture (***),
Ta main n'ose appuyer sur l'horrible peinture
Dont nous verrons bientôt chacun se délecter
Et de livres sans nom l'univers s'infecter.
Quand tu pensais n'avoir fait qu'une parodie
Et montré le danger d'une mode étourdie,
Tu devenais, ainsi qu'il t'arrive souvent,
De l'objet de ton blâme un adepte fervent...
Que di--je?.. le vrai maître et le chef de l'école
Que tu crus écraser sous cette parabole.
Bafouant *Han d'Islande*, hier, et *Bug-Jargal*
Aujourd'hui tu deviens leur ami, leur égal.

(*) *Ritta* est le diminutif d'*Henriette*; c'est un usage de ces *lieux* oublié par Jules Janin, de transformer les noms des *pensionnaires* pour les terminer en *a*.

(**) *Charlot* est aussi le nom populaire de l'exécuteur des hautes-œuvres.

(***) On voit que nous pressentions déjà la fin ou *le four* des *Misérabl.s*.

II

LA CONFESSION.

« Il ne faut pas jouer avec le paradoxe (*). »
Voilà ce que nous dit ce livre hétérodoxe !...
Eh ! peut-on lire rien de plus paradoxal ?
Le faux se dressa-t-il jamais plus colossal ?

Avez-vous jamais lu contre le mariage
Plaidoyer plus ardent, plus éloquent mirage ?
Depuis lors, on a vu l'immoral célibat
Livrer à l'hyménée un triomphant combat ;
Le nombre s'est accru des liaisons honteuses
Presque autant que celui des unions douteuses.

Tel n'était point ton but, non, je n'en doute pas ;
Tu marches au hasard ! — tu le dis (**) ! — chaque pas
Se montre indépendant de celui de la veille,
Et de cet imprévu ton lecteur s'émerveille ;
La contradiction échappe à ses regards
Parce qu'elle étincelle en chapitres épars.
Quant au fond du roman, si ténue est la trame
Qu'elle mériterait à peine une épigramme ;

(*) Nous citons : « Il arrivait à Anatole ce qui est arrivé à tous ceux qui ont joué avec le paradoxe. Le paradoxe est comme la pierre d'un monument funèbre. D'abord son éclat vous séduit : vous la soulevez doucement, c'est un poids si léger que vous la soulevez encore ; un effort de plus, et le marbre est à vous. (Quel caprice de voler la pierre d'un tombeau !!!)

« Mais à l'instant même la pierre retombe de tout son poids ; vous voilà enseveli sous le marbre taillé pour un autre, et le passant peut lire, sans se douter que c'est vous qui gisez là : « *Ci gît très haut et très-puissant seigneur.* » et autres formules précédées de toutes les armoiries d'une grande maison. »

Nous donnons cette définition pour ce qu'elle vaut ; on y trouve, comme toujours, autant de faux que de vrai, autant d'alambiqué que de naturel... C'est au lecteur de trier, lorsqu'il sait trier, mais c'est rare et si fatigant !

(**) « C'est à l'exemple de Crébillon le fils, cet écrivain qui n'en fut pas un, que j'ai imaginé de faire un livre çà et là, marchant au hasard, etc. » (Voir préface de *la Confession*.)

C'est d'une invraisemblance et d'une absurdité
A douter que l'auteur eût sa lucidité,
Bien qu'il dise cent fois l'histoire véritable!...
— « Le vrai peut quelquefois n'être pas vraisemblable. » —

Un noble et jeune époux, de sa femme amoureux,
A sa première nuit, au moment d'être heureux,
Ne s'est plus souvenu de ce nom de baptème
Qu'on remplace si bien par ces doux mots : « Je t'aime!
» Mon ange, mon amour, ou ma divinité! »
Et tant d'autres douceurs de moindre dignité
Qui ne se trouvent pas dans le vocabulaire.
Il croit qu'à cette femme il ne pourra plus plaire ;
De ses doigts il se met soudain à l'étrangler...
Et le cri de douleur, — qui devait signaler
Son triomphe, — est le cri de suprème agonie
De cette pauvre enfant que ce fol a punie
De sa mémoire usée... Et puis, vient le remord !

Ma foi ! j'aime encor mieux, JANIN, ton âne mort,
Puisque de ton Anna la triste destinée
Ne tente guère plus que ta *Guillotinée*.
Quant au reste, où tu dis faire suite au *Sopha*,
Je connais fort quelqu'un qui de rire pouffa,
Te voyant t'ériger en profond philosophe...
— Il ne s'attendait pas à cette catastrophe. —
Mais j'oubliais, JANIN, que tu t'es fait ce lot
De vouloir, à tout prix, remplacer Diderot.
Chacun berce ici-bas sa petite marotte :
About se dit Voltaire... et Janin *Diderotte !*
Oui, petits nains, marchez dans l'ombre d'un géant ;
On paraît aux badauds toujours un peu plus grand !

Bruxelles, le 20 mai 1862.

SATIRE XIX

LA DEUXIÈME A JULES JANIN

LE CHEMIN DE TRAVERSE.

Bravo! Janin, bravo! ton *Chemin de Traverse*
A saisi sur le vif notre espèce perverse;
C'est pour moi ton chef-d'œuvre, et Balzac, à mes yeux,
Jamais, en ses beaux jours, ne fut inspiré mieux.
Mais n'est-ce pas un peu le roman de toi-même?
N'est-ce pas ton histoire et ton jeune poëme?
Que dis-je? c'est le nôtre à tous!... oui, c'est le mien,
Dans son arome pur, dans son noble moyen,
Suivant le *chemin droit*, bravant l'hypocrisie
Et repoussant du pied l'or et sa frénésie.
Voilà Christophe, — moins le père ignorantin. —
Pour toi, tu fus Prosper, — moins l'oncle clandestin,
Chef du *cabinet noir*... du moins j'aime à le croire!—
De ton la Bertenache, aussi, j'ai fait l'histoire
Dans un drame fameux, que tu connais très-bien;
A pleines mains j'ai pris, à mon insu, ton bien.
C'est le dénoûment vrai de ta candide fable
Que tu croyais alors absurde, invraisemblable.

Tu le sais, j'ai connu ton duc de *Chabriant* (*)
Qui fut, pour nous chétif, si bon, si souriant,
Mais que l'affreux *baron* saisit et martyrise
Avant qu'il n'ait remis son enfant, sa *Louise*,

(*) M. Janin n'avait-il pas un peu composé ce nom avec celui de Châteaubriant... à moins... que ce ne fût un pressentiment de celui (*le nom*) qu'épousait Mogador, dix ans plus tard?...

Aux mains de cet époux qui ne possédait rien
Qu'un cœur sincère et bon, le sentiment du bien.
C'est bien là, je l'ai dit, ton simple et pur *Christophe,*
Cette nature exquise et cette noble étoffe,
Contraste si frappant, près de ces intrigants
Que tu nous as montrés odieux, arrogants,
Ambitieux si vils, éhontés *misérables,*
Hypocrites, menteurs, espions méprisables,
Faisant tous les métiers pour avoir de l'argent,
Demandant à tout vice un affreux contingent,
Et par le paradoxe excusant l'infamie
De toute cette honte et de cette alchimie.
  C'est ainsi que *Prosper,* parti de son grabat,
De vice en vice va... jusqu'au Conseil d'État.
De son oncle, *baron,* dit *de la Bertenache,*
En son cabinet noir il suit donc le panache.
Les lettres par milliers s'ouvrent à la vapeur (*);
Cet infâme métier même à Prosper fait peur ;

(*) Nous ne pouvons résister à la tentation de transcrire ici cette admirable page qui nous montre en chair et en os, tous les mystères du *cabinet noir...* de la Restauration :

LE CABINET NOIR.

« Ils entrèrent dans une vaste cave éclairée par des lampes. Au milieu de ce sombre appartement il y avait une immense table recouverte d'un tapis; autour de cette table quatre ou cinq hommes étaient assis dans le plus grand recueillement.

« En un mot. ils étaient dans le cabinet noir. Car c'est là une des *lâchetés inutiles* de la Restauration d'avoir violé le secret des lettres. d'avoir brisé les sceaux fragiles de ces mystères confiés à l'honneur de l'administration publique. Le baron Honoré de la Bertenache était le président de cette dictature occulte, et c'est là qu'il introduisait son neveu. ce jeune et loyal Prosper (1).

« Prosper ne comprit pas d'abord ce que cela voulait dire. Son oncle lui fit signe de s'asseoir à ses côtés, et il s'assit près de son oncle.

« Cependant on apportait à chaque instant sur cette table délatrice d'im-

(1) Et quand on pense que cet homme ne gagnait que cinquante mille francs par an à faire un tel métier !

Pour n'y plus revenir il s'enfuit de cet antre ;
Il renonce à son oncle ! — A la roulette il entre (*) ;
Il fait jouer pour lui Christophe qui ne sait
Dans quel bazar ils sont, moins encor ce qu'il fait.
Il gagne ! il gagne encor !... il gagne et toujours gagne...
De quoi faire bâtir vingt châteaux en Espagne.

Prosper avec cet or se fait entremetteur ;
— Tel produit... de sa source a toujours la senteur. —
Il prend dans un ruisseau de la belle Italie
Une Vénus volée au temple d'Idalie ;
Il l'habille en comtesse et lui prête son nom,
En lui recommandant de le mettre en renom.
Elle lui fait ainsi, trois ans, la courte échelle ;
Il n'est rien, à Paris, qu'il n'obtienne avec elle :
Le vieux banquier faiseur qui joue aux millions
Lui donne, *au prix coûtant*, ses bonnes actions ;
Le duc de Chabriant recommande au ministre
Cet époux complaisant qui si bien administre
Sa femme... et qu'on va faire un conseiller d'État...

Et c'est touchant au but qu'il fait l'absurde éclat
Qui sur ce beau roman est tache capitale !...

menses monceaux de lettres ; dans ces lettres chacun des hommes silencieux qui était la faisait son choix : il en prenait une sur mille. La lettre choisie était ouverte aussitôt avec une horrible habileté. Si c'était un simple cachet, la vapeur avait bien vite détaché le papier de son lien *fragile* ; si c'était une cire armoriée, une autre cire prenait d'abord l'empreinte de ces armes, le feu faisait le reste ; la cire cédait a la chaleur traîtresse, le papier livrait ses confidences ; après quoi, tout se remettait a sa place : le simple cachet a l'épître bourgeoise ses armes et sa couronne a la noble missive. L'instant d'après, on enlevait ce paquet de lettres pour en rapporter d'autres : cela se faisait avec le plus grand ordre et la plus grande célérité. On eût dit, a leur sang-froid, que ces messieurs accomplissaient un devoir, etc., etc. »

(*Le Chemin de Traverse*, tome II chapitre x.)

(*) Nous engageons beaucoup nos lecteurs a lire ce passage dans le *Chemin de Traverse*, tome II, chapitres xi et xii. Il est évident que M. Jules Janin ne pensait guère, en l'écrivant, qu'il serait un jour le meilleurami du directeur des jeux de Spa.

Oui, jusqu'alors, JANIN, ton œuvre magistrale
S'avançait dans sa force et dans sa vérité,
Comme le châtiment si souvent mérité.
Mais je vois tout à coup surgir le mélodrame,
Ses grands bras, ses fureurs, ses cris, sa grosse trame :
L'insulte aux grands seigneurs, comme dans Triboulet,
Le banal suicide (*), et le faux et le laid,
Qu'alors Hugo, Dumas avaient mis à la mode...
— Le laid est si facile à faire, et si commode !...

   Oh ! tu fus bien coupable et ton crime fut grand
D'avoir cédé si vite à ce fatal courant !
Vous pouviez arrêter le torrent dans sa course,
Planche et toi !... Tous les deux vous pouviez à sa source
Le faire remonter, prenant le *droit chemin*...
Ton *Chemin de Traverse* y menait par la main.
Que n'en as-tu, dès lors, fait une comédie,
Au lieu de ravauder l'atroce rapsodie
De cette *Tour de Nesle* aux stupides horreurs
Qui donna le signal de tant d'autres fureurs !
Ton œuvre en comédie, et sage et littéraire,
Regagnant ces vingt ans perdus, avançait l'ère
De l'*Honneur et l'Argent* comme des *Effrontés.*
Hugo, Dumas, par toi devaient être affrontés...
Tu n'osas pas : la lutte ardente et difficile
Ne fut jamais le lot de ta plume docile ;
Tout faiseur est certain de te prendre en son char,
Qu'il s'appelle Mirès, Plassiart ou Solar...
Tu n'as que pur encens, phrases thuriféraires,
Pour tous les maltôtiers, boursiers ou littéraires ;

(*) Rappelons, en passant, que les héros de l'*Âne mort* et de la *Confession* ont éga'em.nt appuyé sur leur front le pistolet dont une *petite main* est venue aussi détourner le canon ..a temps, en coupant la ficelle...

Ne pourrais-tu nous dire, à ce propos, JANIN,
Si de *traverse* aussi tu n'a pris le *chemin*
En recevant, hélas! cet odieux mot d'ordre
Qui te montrait celui sur qui tu devais mordre;
Pour lequel il fallait de *l'oncle de Prosper*
Ressusciter le rôle... et ce qui va de pair?...
Ne te donna-t-on point la consigne de taire
Un certain nom... eût-il tout l'esprit de Voltaire,
Et de tout le voler pour en gratifier
About, le grand About, — qui s'en montre si fier, —
Dont la *Gaëtana* fut par toi seul prônée,
Alors qu'elle tombait... jusqu'à l'os couronnée?

Je m'arrête... il est temps! *Je t'accorde l'aman!*
Je veux encor louer sur un point ton roman.
On y trouve admirable et sur le fait saisie
La Restauration... et son hypocrisie:
De ses héros en foule on y voit les portraits;
Mais les cagots surtout y sont peints traits pour traits.
Eh! ne serait-ce point un peu pour cette cause
Qu'en scène tu n'osas risquer l'apothéose?
Ce que tu n'as point fait se pourrait faire encor!...
En élaguant, triant dans cet écheveau d'or,
Oh! quelle comédie allègre, étincelante,
Coulerait de cette urne à la prose excellente (*)!...

Bruxelles, le 26 mai 1862.

(*) Nous offrons très-sérieusement à notre ami Janin de faire *hic et nunc*
ce drame ou cette comédie en prose ou en vers, en cinq actes ou en douze
tableaux... s'il veut prendre l'engagement de les faire représenter cet hi-
ver... et nous lui garantissons cent représentations... comme pour le *Duc
Job*, au moins!... RÉPONSE, S. V. P.   Le J. des J.

P. S. Au moment où cette note venait de paraître dans *Méphistophélès*,
on annonçait que deux jeunes auteurs venaient de faire un drame avec le
Neveu de Rameau dont nous dirons quelques mots dans l'une des satires
suivantes. Malheureusement, l'Odéon prétend que c'est une pièce pour la
Porte-Saint-Martin, et la Porte-Saint-Martin que c'est une pièce pour l'O-
déon.

SATIRE XX.

LA TROISIÈME A JULES JANIN

BARNAVE

ou

UN MISÉRABLE... ROMAN.

Ton *Chemin de Traverse,* à moins d'être un *rébus,*
Châtiait le faubourg noble de ses rebuts ;
Quoique feuilletonniste à la *Quotidienne,*
Tu n'avais aperçu de la patricienne
Qu'en rêve des salons l'aristocrate seuil.
De *Prosper* (*) on a vu combien gémit l'orgueil
Lorsque dans l'antichambre il fut forcé d'attendre.
Je comprends donc pourquoi d'une dent si peu tendre
Tu mords, en aboyant, la *marquise pur-sang*
Qui ne crut pas devoir, sans égard pour son rang,
En ta faveur fouler aux pieds toute étiquette
Et te sauter au col, ainsi qu'une grisette...
— Pouvait-elle pour toi se mettre trop en frais ?

Cette marquise-là, point je ne jurerais
De ne l'avoir moi-même, alors, beaucoup connue.
Toute visite était chez elle bien venue,
Pour peu que l'on eût vu le jour à Montbrison,
A Roanne, à Saint-Étienne, enfin à l'horizon
De l'antique castel Saint-Marcel de Félines,
Sur deux plaines dressant ses sauvages ruines.

(*) Nous avons dit que *Prosper,* le héros du *Chemin de Traverse,* ne pouvait être que Jules Janin lui-même, a ses débuts ; c'est ce que nous a confirmé la longue préface des *Contes nouveaux* (1833) que nous venons de parcourir à l'instant même. et qui est une véritable biographie des premières années de l'auteur.

Serait-ce le secret de l'étrange courroux
Que tu sus déchaîner de toutes parts sur nous,
Qui te fit oublier tous nos petits services
Et gratuitement nous prêter tant de vices?...

Abîmes trop profonds du pauvre cœur humain,
Dédale dont le fil se rompt en notre main!
Mais qui me donnera celui de ton *Barnave?*
Quelle Ariane sait le secret de la bave
Lancée indignement par ce lâche pamphlet
Qu'on ne pouvait punir même par un soufflet?...
L'insulte remontait de l'échafaud au trône,
Et tu décapitais sans danger la couronne.
Quel était donc le but de cette lâcheté?
Etais-tu d'Henri V partisan acheté?
Espérais-tu te faire enfin ouvrir la porte
Du faubourg Saint-Germain?... ou de la grande morte,
Oui, de la République étais-tu le vengeur?
Allons donc!... Tu n'étais qu'un *Mengin* tapageur
Qui pour faire du bruit lâchait cette bravade,
Attachant cette queue au chien d'Alcibiade.

Le Roi, dans ses aïeux insulté sans pitié,
Ainsi que ses enfants te prit en amitié,
Et poussant jusqu'au bout leur railleuse indulgence,
Ton couvert à leur table acheva leur vengeance;
Noble façon vraiment d'imposer le remords,
Surpassant Louis Douze oubliant les vieux torts
Des insulteurs, avant qu'il ne fût roi de France.
Pour toi, tu n'en ressens ni honte, ni souffrance,
Et c'est après trente ans, quand mon fouet irrité
A sillonné ton front de cette vérité,
Que tu songes, enfin, à corriger *Barnave*,
A biffer tous les traits puant l'infecte bave

D'une colère à froid et d'un cœur corrompu,
Alors qu'on s'est trente ans de leurs bienfaits repu (*) !

Il est vrai que, depuis la douloureuse phase
De leur profond malheur, la précieuse emphase
N'a cessé de couler du fameux robinet...
Qui ne se lit plus guère, aujourd'hui, qu'un sonnet.
De ton *Barnave* encor c'est là le moindre vice :
Habiller en roman l'auguste sacrifice
Du plus saint et sacré des martyrs couronnés ;
Saturer des soupçons les plus empoisonnés
Une femme, une épouse, une mère, une reine ;
La confondre sans cesse avec une sirène
De carrefour, courant la nuit les bals masqués
Et livrant sans défense à des amours brusqués
Ses charmes profanés de ROYALE SOSIE,
— Messaline qu'on lasse et qu'on ne rassasie ! —
L'amoureux de la Reine, un Barnave, — un tel nom ! —
Qui voit la *Tour de Nesle* où surgit TRIANON !
Oui, MIRABEAU, BARNAVE, à l'éloquence ardente,
Figures de Plutarque, héros dignes du Dante,
Victimes dont le sang versé par le bourreau
Fut l'iris qui promit au monde un jour nouveau ;
Telle est, JULES JANIN, la phalange historique
Dont tu fis des héros... pour l'opéra-comique !!!

Qui sait si ce roman, au succès scandaleux,
Ne guida point Hugo dans le choix nébuleux
De son sujet nommé si mal : *Les Misérables*,
Où l'histoire moderne est mêlée à ses fables?...

(*) Nous avions reproché plusieurs fois, dans nos satires précédentes et dans notre polemique défensive contre les attaques plus ou moins perfides ou détournées de M. Jules Janin, l'existence de ce roman-pamphlet qui devait être pour lui le plus cruel des remords, s'il y avait place pour cela dans ce gros personnage. Nous voyons qu'il s'est enfin exécuté et qu'on annonce une nouvelle édition de *Barnave*, sans doute revue, corrigée et *diminuée*.

Victor Hugo, Janin, le sol contemporain
Sera toujours pour vous un dangereux terrain ;
A votre fantaisie il faut libre carrière
Qu'aucune vérité n'oppose sa barrière,
Ou vous verrez partout le plus humble apprenti
S'écrier, indigné : « Vous en avez menti ! »

C'est là mon vrai grief, Janin, contre *Barnave*,
Mais à ce démenti j'en ajoute un plus grave...
Déjà tu m'as compris et tu me vois venir !...
Avec toi je prétends, cette fois, en finir !
Oui, je veux à mon tour t'écraser sous la boue
Dont ta plume, dix ans, sut chamarrer la joue
D'un loyal écrivain... ignorant le pourquoi...
— Il n'avait jamais eu que dévoûment pour toi ! —
Il croit que tu cédas, comme en faisant *Barnave*,
A l'unique besoin d'éructer de la bave.

De toute entorse au vrai c'est le plus grand danger ;
On fait mentir l'histoire en croyant l'arranger,
Et lorsqu'au vrai l'on voit que le faux se préfère,
On se fait du mensonge une douce atmosphère.
Alors, mentir devient le plus innocent jeu,
Et l'on ne comprend plus qu'on joue avec le feu.

Un jour, pour se montrer complaisant ou docile,
On aura fait passer quelqu'un pour imbécile...
Ce quelqu'un prouve-t-il qu'il est homme d'esprit,
On en devient alors insensé de dépit ;
De mensonge en mensonge et d'abîme en abîme,
On s'abaisse, on descend, on roule jusqu'au crime...
C'est ainsi qu'on arrive à la postérité !...
N'est-ce pas là, Janin, la pure vérité ?

Parlons plus clairement. — Toi, l'auteur de *Barnave*,
Pamphlet que rien n'explique, et n'excuse, et ne lave.

Outrage gratuit presque autant que sanglant
Au nom d'une famille, au trône encor branlant;
Toi, méchant biographe, insulteur inutile
Des plus illustres morts, qui lâchement mutile,
Abaisse leurs grands noms, — pour en faire un roman
Devenu sous ta main un couteau catalan, —
C'est toi qui te posant champion de morale,
Signale au monde entier, d'une voix doctorale,
Comme, « *un vil pamphlétaire et coquin odieux*
» Un THERSITE INSULTANT LES HÉROS ET LES DIEUX,
» Un *brigand de la plume*, un *biographe*, un *drôle*,
» *Batteur de grand chemin, bandit de la parole;*
» Un *Arétin qui fit de sa plume un stylet,*
» *De son encre un poison; qui tantôt s'appelait*
» *Le poëte divin, tantôt* FLÉAU DES PRINCES;
» *Sans feu ni lieu, chassé de toutes les provinces;*
» *Un loup pelé, raclé, bâtonné, vieux, infect,*
» *Hideux, abominable, escroc, voleur abject,*
» Un ÉROSTRATE enfin, *un nom de pestilence*
» *Et que l'on condamnait à l'éternel silence!...* »

Qui donc? quel est ce monstre, — à la façon d'Hugo, —
Que flétrit cet article... à LACHE QUIPROQUO?...

Depuis sept ans, cet homme habite la Belgique
Qu'il inonde des flots de sa verve logique,
Mais non de cette verve aux grands mots rutilants,
Aussi vides de sens qu'ils sont longs et ronflants;
Reflétant ce pays avec son caractère,
Sa muse s'inspira du souffle *utilitaire* (*).

(*) Cette expression un peu risquée est de M. Jules Janin lui-même; il l'adressait, en 1856 a l'un de nos amis... mais par le *chemin de traverse* et indirectement comme toujours; on lui repondit aussi comme toujours, *par la voie la plus droit*. On lui écrivait donc le 5 mars 1856 par la poste que l'on trouvait son mot des plus jolis..... quoique manquant un peu de gram-

Lorsque tant d'écrivains, français ou *fransquillons*,
N'ont, en prenant la plume, ici, pour aiguillons
Que de placer leur prose à des prix fabuleux...
— Comme correspondants plus ou moins scandaleux ; —
Lorsque d'autres faisant mousser leur renommée,
Vendent à des niais cette vague fumée,
— Au prix d'une fortune à faire tant d'heureux ! —
Lui, lui, CET ÉROSTRATE... autrement généreux,
Prodigue à qui les veut et ses vers et sa prose :
« Voici, dit-il, voici du vrai l'apothéose !
» Avant notre intérêt, l'intérêt général !...
» Guerre ! guerre aux faiseurs !... VOICI LE SENS MORAL ! »

Bruxelles, le 26 mai 1862.

maire. On lui demandait ensuite quelques explications amicales sur ces hostilités premières qu'on ne pouvait comprendre :

Attendu que de lui l'on n'avait mérité
Ni cet excès d'honneur, ni cette indignité.

Ce fut à cela qu'il répondit par son article du 25 avril 1856 contre les pamphlétaires et les biographes, où il s'est peint si bien lui-même, sans se douter qu'il s'enfonçait cette poutre dans l'œil. Mais voici un signe plus récent des progrès incessants de notre ÉCOLE UTILITAIRE. Depuis que nous avons terminé cette satire, nous avons lu dans le feuilleton de la *Presse* de lundi, 2 juin, les lignes suivantes de M. Xavier Aubryet, l'un des poëtes du *Figaro*, et dont nous avons dit quelques mots ailleurs : « *La meilleure musique est celle qui continue la poesie;* LA MEILLEURE POÉSIE EST CELLE QUI CONTINUE LA PROSE : *ôtons l'idéal sur le réel, nous ne sommes plus dans le paradis terrestre, il faut aviser.* » Que va dire de ceci l'école *fantaisiste* et de l'invention *hugolâtre* ?..... Gare à M. Aubryet qui ose répéter ce que nous ne cessons de dire et d'imprimer partout depuis 1850... mais surtout depuis 1856... en Belgique !...

SATIRE XXI.

LA QUATRIÈME A JULES JANIN

I

LA RELIGIEUSE DE TOULOUSE.

Il fallait que Janin eût sa *Religieuse*,
Ainsi que Diderot; l'œuvre licencieuse
Au pastiche ennuyeux devait servir d'appas
Pour vaincre le sommeil qui, dès les premiers pas,
S'empare du lecteur du roman insipide,
— École Arsène Houssaye, au style peu limpide. —
    Tel est de ton esprit, JANIN, le grand travers :
Qu'impunément jamais tu n'erres à travers
Des œuvres dont tu dois te faire le Zoïle;
Tu prends de leur essence et le parfum et l'huile;
Au lieu de châtier leur style et leur goût faux,
Ton talent s'étudie à vêtir leurs défauts.
    Rendons le *Roi Soleil*, Montespan, de Thianges,
Maintenon, et surtout la belle de Fontanges,
Au grand marivaudeur des royales amours.
Arrivons à la ville aux joyeux troubadours.
Tu la peins au moment où de l'édit de Nantes
Le retrait ralluma les vengeances stagnantes;
Où fut ton *Port-Royal* vaincu par *Molina*
Qui par l'exil, le fer, le feu, l'extermina.
Mais bientôt Port-Royal est vengé par Voltaire :
A son tour écrasé, Loyola dut se taire;
Molinistes, clergé, couvents et papauté
Furent ensevelis avec la royauté!...

Jeanne de Julliard de Port-Royal est l'ange...
Si tu ne la souillais de cette horrible fange,
De *ce titre* honteux, flétri par Diderot,
Comme le front marqué par la main de *Charlot* (*).
D'imiter Diderot ta sotte fantaisie
N'a pas vu qu'en prêtant l'ardente jalousie
De sœur *Sainte Thérèse* à *Prohenque au teint brun*,
Tu les enveloppais dans un crime commun,
Faisant, à ton insu, de ta chaste héroïne,
Ainsi que ton modèle, un pendant de *Justine*.
L'œuvre de Diderot s'expliquait par son but;
Elle montrait à nu des couvents le scorbut
En les frappant de mort... quand de la *Sainte Enfance*,
Toi, tu crois attester la gloire et l'innocence.

   Par ta plume mieux vaut cent fois être éreinté
Que de se voir louer par ta légèreté!
Tu n'es de la critique, oui, que l'enfant terrible;
De ta louange on sort criblé comme une cible:
Tu n'as nulle pensée ou but, en écrivant,
Que de te faire grand... au moins de ton vivant...
   Briller, voilà ton jeu : peu t'importe le reste;
C'est à toi que l'on doit cette école funeste
Sous laquelle on a vu la critique mourir
Pour laisser le caprice au hasard discourir,
En décorant du nom sacré de poésie
Des bonds désordonnés de folle fantaisie.

II

LA FIN D'UN MONDE ET DU NEVEU DE RAMEAU.

   Tes livres pèchent tous par leur commencement;
Comme c'est ennuyeux ! comme c'est assommant!

(*) On a vu que, d'après M. Jules Janin, Charlot est le sobriquet du
bourreau.

A peine arrive-t-on à la quinzième page,
On est abasourdi de tout ce papotage ;
On est tout empêtré de tes *descriptions ;*
On ne digère plus tes *répétitions !*...
Ce ne sont que *festons, portraits* et *fanfrelaches,*
Dentelles et *rubans,* et *manchettes* et *ruches ;*
On saute vingt feuillets, et de ton mirliton
On te trouve jouant sur le deuxième ton.
Tu ne peux dire un mot sans cette ritournelle ;
C'est ton dada féroce et ta rage éternelle :
Le satirique, enfin, *pamphlétaire insulteur,*
Bandit de l'écritoire et *gredin aboyeur,*
Le Thersite Apollon, bouffonnant dans sa fange,
Sans feu ni lieu, jeûnant plus souvent qu'il ne mange ;
Ou le poëte May qui *meurt sur le fumier,*
— C'est ton petit bonheur, ton parfum coutumier —
Qu'à son service un duc mit en son écurie !...
Où n'étales-tu pas cette *paille pourrie,*
Pour en épouvanter le poëte odieux
Que tu fis le serment d'immoler à tes dieux,
— Romantiques ou juifs, — à ton *Indépendance ?*...
Ton *Rameau* n'en est *qu'un...* (*) de la CORRESPONDANCE
D'ÉRASTE... autrement dit de M. Bachaumont,
De Fréron, de Mercier et de Saint-Evremond !...
Tel est tout le secret de ta littérature :
Piller ! piller, piller dans toute pourriture ;
Repeindre les romans de M. Diderot,
Déjeuner de sa... soupe et dîner de son rôt ;
Emprunter ses souliers avec ses bas de laine,
Endosser son habit de grosse tiretaine ;
Prendre tous ses défauts... jusqu'à l'impureté...
Mais rien de son génie et de sa pauvreté !

(*) Pardon pour celui-ci... il est venu tout seul ; qu'il soit le bienvenu !...

Te borner à vanter son noble caractère,
Gardant de l'imiter en son humeur austère ;
Lui, si dur pour les juifs, pour les hommes d'argent,
Et qui mettait sa gloire à n'être qu'indigent !
Ton style ne garda de sa virile phrase
Que le mauvais côté : son penchant à l'emphase.
Tu remplaces son nerf et sa sobriété
Par l'abus du clinquant jusqu'à satiété ;
Par-dessus ses gros bas tu mets des bas de soie,
Et de ses gros souliers tu changes la courroie
En élégants canons ; tu couvres de rubans
Sa veste de bourgeois, ses chausses de bouffans ;
Sur lui tu fais pleuvoir l'argent de tes paillettes
Dans sa mâle pensée en trempant tes mouillettes ;
De lui pas un seul mot qui ne soit précieux ;
L'objet de tous les tiens, c'est le prétentieux ;
De la philosophie il fut l'âme orthodoxe ;
Tu n'en seras jamais, toi, que le paradoxe ;
Il était plein de foi dans son apostolat ;
De toute secte, toi, tu fus un apostat ;
Il eût donné sa vie en Sénèque, en Socrate ;
Tu vantes le dernier qui te paie ou te flatte.

Voilà ce que m'a dit ton chef-d'œuvre nouveau ;
Voilà ce que j'ai vu dans la *Fin de Rameau*.
Oui, j'ai voulu le lire avec celui du maître ;
— Je n'avais pas encor l'honneur de les connaître ! —
Pour la *Religieuse* aussi j'en étais là ;
Ainsi, le même jour, j'ai donc lu tout cela :
Diderot et Janin... le dieu... puis le satyre !...
Qu'ils soient unis encor dans la même satire.

Bruxelles, le 10 juin 1862.

SATIRE XXII.

L'HUGOLATRIE

et

LA JANINOCRATIE EN BELGIQUE

Pourquoi, VICTOR HUGO, d'où vient, JULES JANIN,
Que Bruxelles vous rend un culte léonin?
Ce pays positif, amoureux de logique,
Fameux pour son bon sens, oui, la sage Belgique
N'est-elle pas, en tout, l'antipode narquois
Des traits alambiqués qui gonflent vos carquois?...
Telle n'est pas la moins... belle des antithèses
Dont vous avez bourré vos livres et vos thèses.
Pour les Belges Janin fut-il toujours courtois,
Et ne les a-t-il pas insultés maintes fois?...
Mais Hugo prodigua l'éloge à leurs poëtes
Et prit à ce miroir les folles alouettes.
Puis, il faut l'avouer — on l'a dit si souvent, —
« On aime Hugo... Pourquoi?... Parce qu'Hugo se vend! »
Janin, c'est différent!... et tout autre est la cause
De l'engoûment pour lui... — L'on adore sa prose,
On la vante d'autant... qu'on ne la lit jamais...
Qu'on la vend encor moins... tant elle a peu d'attraits.
— Mais alors?... — Attendez... sa stérile abondance
Inonde de ses flots... la fière *Indépendance!*
Elle seule, en Belgique, est l'arbitre du goût,
Elle seule a le don de bien juger de tout.
A peine elle a parlé, qu'il faut que l'on admire...
Les forêts de Sardaigne, et la mine et la mire
Fascinant les gogos au profit des affroits...
Les *Misérables* même à l'estime ont des droits.

Voilà pourquoi, d'abord, mes rigueurs légitimes
Ont pris Hugo, Janin, pour premières victimes.
J'ai brisé le clinquant de leur faux piédestal ;
J'ai touché de mon fouet ce système fatal
Qui demande la gloire à l'argent, à l'intrigue,
A ces faiseurs honteux de la moderne brigue !...
Du temple littéraire, oui, je chasse l'argent
Et la vénalité, de Schylock digne agent,
Au niveau des Mirès rabaissant le poëte,
Le faisant mendiant de l'argent qu'on lui jette !...

Quand l'exemple fatal descend de ces hauteurs,
Que voulez-vous qu'on dise à ces chétifs auteurs,
Boutiquiers de romans, auteurs de vaudevilles,
Accapareurs soumis de théâtres serviles ?...
Ah ! qu'on est déjà loin de toi, CHATEAUBRIAND,
Drapé dans ta misère, et digne et souriant,
Vivant, sur tes vieux jours, du traitement infime,
D'Académicien (*)... gardant ta propre estime !...
Tu savais, fils aîné du véritable exil,
Qu'au poëte il suffit du moindre grain de mil
Pour vivre, et conserver sa voix retentissante
Et sa gloire à jamais intacte, éblouissante !...
Tu n'aurais pas trouvé, toi, l'art de t'exiler,
De poser dans la nue... afin de spéculer
Et de vendre, à des prix insensés, tes poëmes !...
Tu ne t'enrôlais pas presque dans les bohèmes !...

DANTE, MACHIAVEL, et vous, TASSE et MILTON,
Quand au roc vous rivait le douloureux piton

(*) On sait que le traitement des académiciens est de 1,500 francs. et de
3 000 francs pour le doyen de l'Académie. On voulut croyons-nous, gratifier
de ce dernier traitement Chateaubriand, qui refusa parce qu'il n'y avait pas
droit ; le vrai titulaire était M. Pasquier.

De l'exil... n'est-ce pas que vous ne songiez guères
A mettre EN ACTIONS vos immenses misères?...
Oui, cette gloire était réservée à nos temps
De voir payer l'exil d'or et de diamants.
Oui, l'or tient lieu de tout, de bon sens, de génie,
De vertu, de patrie... Il n'est pas vilenie
Qu'on ne puisse changer en illustre action,
En payant aux journaux quadruple ration.
C'est ainsi que l'on va de chute en décadence.
HUGO, JANIN, voilà pourquoi l'*Indépendance*,
Pourquoi tout journal juif daigna vous épouser ;
A l'abri de vos noms il a pu s'imposer
En protecteur perfide. en Mécène hypocrite,
Étouffant le génie au fond de sa marmite.
POUR RÉGNER, L'OR IMPOSE, A LA PLUME, DES FERS,
Et l'or juif a juré d'asservir l'univers !...
HUGO, JANIN, ô vous que la Belgique adore,
Relevez-vous !... Brisez. il en est temps encore,
Abattez le veau d'or, l'étouffeur des lettrés !
Que vos derniers moments ainsi soient illustrés !
Flétrissez sous vos coups l'or et ses saturnales ;
Dans sa honte lavez les louanges vénales
Dont il a si longtemps souillé vos cheveux blancs !...
Voilà, dans l'avenir, comment vous serez grands !...

LE JUNIUS DES JUNIUS.

Lisez :

F. TAPON FOUGAS.

Bruxelles, le 15 juin 1862.

UN GROS ERRATUM

I

LE QUART D'HEURE DE RABELAIS

POUR UN GRAND NOMBRE.

Nous venons de lire dans notre journal cette petite ligne :

« Le Sénat est convoqué pour lundi prochain. »

Quelle épouvante dans ces six mots pour tout ce qui tient une plume, en Belgique ! C'est à la faire instantanément choir de toute main, et tomber en syncope !...

Depuis longtemps, le *Junius des Junius* avait pressenti et prédit ce *quart d'heure de Rabelais* pour la presse belge, comme il l'avait prédit de même pour la presse parisienne, en 1848. QUI ABUSE S'USE ! voilà le véritable *Mané Thécel Pharès* qui devrait être écrit en caractères de feu, ou de gaz, sur la porte du bureau de rédaction de chaque journal !.... Oui, la presse belge l'a trop souvent oublié, comme nous l'avons si énergiquement proclamé dans notre vingt-quatrième satire, page 160, 5ᵉ livraison.

C'est donc précisément dans cette prévision de la prochaine réunion du Sénat belge, où doit se discuter et se voter la nouvelle loi sur la presse, que nous avons précipité l'impression de cette cinquième livraison, et c'est pourquoi aussi elle a été imprimée avant la quatrième.

Bien qu'elle n'ait vu le jour que le 20 juillet, c'était le 15 qu'elle eût dû paraître rigoureusement, de même que la quatrième devrait sortir de la presse le 26, d'après les engagements écrits de notre imprimeur, ainsi conçus :

« Reçu de M. Tapon Fougas la somme de vingt francs à « compte sur la composition de la cinquième feuille du *Junius*

« *des Junius, satires*, pour fournir les épreuves samedi 12 juil-
« let 1862, et l'impression le 15 dudit mois.

« Ce 8 juillet 1862. — Signé Nrs. »

« Reçu de M. Tapon Fougas la somme de vingt francs à
« compte sur la quatrième feuille du *Junius des Junius*, pour
« lui donner les épreuves de mise en pages jeudi, 24 juil-
« let 1862, et l'impression le 26 dudit mois.

« Ce 21 juillet 1862. — Signé Nrs. »

Malheureusement, promettre et tenir ne sont pas une seule
et même chose pour messieurs les imprimeurs. Non-seulement
le 15, notre cinquième livraison n'était pas tirée, mais nous
n'avions reçu que le 14 les épreuves en paquets, et ce n'est
que le 16 qu'on a pu nous donner une première épreuve de la
mise en pages, quoique nous eussions rendu les épreuves cor-
rigées, c'est-à-dire à peine parcourues par l'auteur, dans la
matinée du 15.

Nous ne parlerons pas du redoublement de tribulations et
de colères auxquelles nous fûmes en butte, à partir de ce moment jusqu'au tirage ; des menaces étranges et des provoca-
tions, même par lettres, qui nous arrivèrent de différents côtés...
Voici, à ce propos, une boutade que nous avons publiée dans
le *Petit Figaro* de New-York, le 27 août 1854, et dans des
circonstances presque identiques :

« Il y a, sur le pavé de New-York, une vingtaine d'indi-
« vidus fort bien mis, en vérité, et auxquels on a promis
« sans doute quelques billets de mille francs, pour se faire
« donner un soufflet à poing fermé, par le *Petit Figaro*... qui
« leur en a donné cent... avec sa langue, sa plume et sa batte ;
« mais cela ne compte pas, et voilà pourquoi ils sont si furieux
« et crient tant qu'il est Fou ; tandis que ce sont eux qui ont
« la folie des soufflets ! »

12.

On comprend que c'est la seule réponse que puisse faire à tous, *in globo*, un écrivain qui se respecte et qui ne se croit nullement obligé de faire tête à tout ce qu'on lui lance dans les jambes, pour les lui casser comme à sa mère.

Ceci dit, nous revenons à notre cinquième livraison, où, faute d'avoir pu la lire avec soin, et la faire lire à temps par les amis qui veulent bien nous donner leurs bons avis sur les passages un peu vifs qui échappent au torrent de nos improvisations, nous avons laissé passer quelques violences de langage peut-être un peu excessives, même dans la bouche d'un *Juvénal à mordante hyperbole*.

Voici donc cet *erratum* que nous prions nos lecteurs, ainsi que ceux qu'il concerne, de vouloir bien prendre en sérieuse considération, en remplaçant les anciens vers par ceux-ci.

Les rectifications portent sur les vers 3e, 4e, 5e, 6e, 7e, 8e, 9e, 10e et 11e de la vingt-cinquième satire, page 161.

    « C'est une misérable et sotte indignité,
    « Comme il en naît souvent d'une malignité
    « Complaisante au pouvoir, qui se donne ou se prête.
    « Au faubourg Saint-Germain cette botte secrète,
    « A son antique honneur cet outrage sanglant
    « N'était pas, conviens-en, d'un chevalier galant.
    « Ta croix d'honneur pourrait en être un peu salie,
    « Ton nom serait de ceux tachés de quelque lie,
    « Frappé du coin Mirès, ou du coin Plassiart!... »

Et sur les vers 17, 18 et 19 de la même satire :

    « Mais j'ai tort de le prendre avec toi sur ce ton,
    « Et de brandir sur toi cette grande colère !
    « Tu n'es qu'un étourneau criard et qu'on tolère,
    « Insultant, par caprice, une caste, un pays, etc. »

Et au septième vers de la page 162 :

    « Tu jettes aux grands noms tes *infimes* souillures. »

Au lieu d'*infâmes*.

Enfin, au douzième vers de la page 160 :

« Ils nous importent peu tous ces beaux plaidoyers. »

Au lieu de :

Que nous importe-t-il de tous vos plaidoyers ?

Nous n'aimons pas les vers durs, comme les font les *t*, les *p*, et les *d* trop rapprochés.

II

POURQUOI CET ERRATUM EST CAPITAL.

C'est qu'il a pour but de démontrer, d'abord par la comparaison des vers précédents avec les anciens, la différence du langage qu'exigera la nouvelle loi sur la presse d'avec celui que tolérait l'ancienne, en prouvant qu'il sera toujours possible de faire de la critique, et même de la satire, en Belgique ; enfin, qu'il n'y aura de changé que le *diapason littéraire*, comme on est en train de changer le *diapason musical*.

Nous avons voulu établir, en outre, par les détails particuliers qui précèdent, et qui ont dû paraître si bizarres et si peu intéressants à nos lecteurs, que les deux volumes ci-après, que nous publions aujourd'hui, savoir :

1° Les CINQ PREMIÈRES LIVRAISONS DE NOS SATIRES réunies en un seul volume, — toutes écrites du 10 mars au 8 juillet ; —

2° Surtout notre *mémoire justificatif*, intitulé aujourd'hui :

LA FEMME A LA JAMBE CASSÉE (*) ou *le Duel de Dieu*, en réponse A L'HOMME A L'OREILLE CASSÉE ou *Fougas*, par M. Edmond About, et à tant d'autres calomnies encore plus hideuses,

(*) Le premier titre de ce volume devait être : *Le Duel de Dieu ou un procès en calomnie intenté au journalisme juif*. La lettre dédicatoire qui se trouve en tête de notre cinquième livraison, n'explique et ne justifie que trop notre titre nouveau, que Dieu semble nous avoir envoyé tout exprès pour le jeter a la face de M. Edmond About, au nom de notre pauvre vieille mère née FOUGAS, et qui, depuis cinq mois, est *la femme à la jambe cassée*. a 77 ans !... (Je dis : *soixante et dix-sept ans*).

dont nous avons été, dans ces derniers temps, la cible et le point de mire, de la part de tant de misérables!...

Oui, nous avons voulu établir et constater, de la manière la plus irréfragable, que ces deux livres ont bien été, l'un et l'autre, écrits et imprimés longtemps avant que l'on eût même songé à faire, en Belgique, une nouvelle loi sur la presse. A cette fin, nous rappellerons, encore une fois, que telle est bien la raison pour laquelle nous avions dû donner à l'impression la cinquième livraison de nos satires avant la quatrième, en la faisant servir, en même temps, de cinquième feuille et de conclusion à notre second livre que l'épouvantable accident *arrivé si à propos à notre vieille mère*, tenait en suspens depuis *cinq longs mois que les quatre premières feuilles étaient imprimées.*

Oui, voilà ce qu'il nous importait de bien constater, afin de prouver, clair comme le jour, que les nouvelles dispositions de la loi sur la presse, — que le Sénat belge doit discuter lundi prochain, — n'ont absolument rien à voir dans nos deux livres nouveaux, qui ne sont que la protestation la plus légitime et la plus sacrée de la conscience pure d'un homme, d'un écrivain, d'un poëte fécond et intarissable, abominablement calomnié par un tas de malheureux aussi méchants qu'envieux et avides, aussi absurdes que stériles et impuissants.

Nous aurions encore bien des choses à ajouter, comme toujours, à l'endroit de l'impression de ces deux volumes, et surtout de l'aspect que présente notre volume de *la Femme à la jambe cassée*, typographiquement parlant, quant à la diversité du papier et des marges, quoique nous ayons toujours fourni absolument le même format et la même qualité de papier, (format charpentier, n° 5, à 16 fr. 50 la rame, acheté chez M. Olin). Mais ne serait-ce pas faire encore double emploi avec ce que nous disons dans notre vingt-septième satire (cinquième livraison, page 174) et ce que nous avons prouvé, d'une manière si générale et si triomphante, dans les pages 243, 244, 247, 248,

249, 250, 251, 252, 253, 254, 255 et 256 de notre terrible journal, le *Crispin*, pour tous nos autres ouvrages, depuis le premier jusqu'au dernier?... Ce qui prouve surabondamment que cet acharnement à défigurer nos livres est bien moins le fait de nos braves imprimeurs (*) et de leurs ouvriers, que celui des manœuvres persévérantes et acharnées de ces vrais misérables, tant de fois signalés et flétris par notre prose vengeresse et par notre vers, haut justicier de toutes ces lâchetés sans nom... Puissent l'une et l'autre être le monument impérissable de leur juste punition et de leur ÉTERNELLE HONTE !...

F. TAPON FOUGAS.

Bruxelles, le 21 juillet 1862.

POST-SCRIPTUM.

LA CLEF DE TOUS NOS LIVRES.

Il nous revient à la pensée une troisième raison qui n'a pas été sans influence sur notre résolution bizarre de faire imprimer la cinquième livraison de nos satires avant la quatrième.

Nous avions su et nous avions même vu, par une attaque assez directe de M. Victor de Laprade à l'adresse de *Crispinus*, que l'on nous traitait presque de *délateur*, absolument comme *les muses d'État* : MM. Francisque Sarcey, Edmond About, et Sainte-Beuve.

Nous avons répondu, comme toujours, hautement et directement, et courrier par courrier, à cette attaque un peu jésuitique, dans le feuilleton de *Méphistophélès du 6 juillet*, en interrompant pour cela notre série des *Antimisérables*.

Aujourd'hui, il s'agit de répondre à la même objection ve-

(*) Nous avons fait travailler en Belgique quinze ou vingt imprimeurs différents que nous avons toujours payés d'avance, et qui ont gagné avec nous plus de quinze mille francs pour l'impression des trente volumes environ que nous avons écrits depuis six ans et demi.

nant d'un tout autre parti, ou plutôt d'une tout autre secte littéraire, qui semble murmurer les mêmes griefs que M. de Laprade, seulement à un point de vue diamétralement opposé... On comprend qu'il s'agit, cette fois, des hugolâtres rouges, panachés de toutes les nuances de l'arc-en-ciel.

Pour les uns et les autres nous avions une réponse prête, et cette réponse était... « *Edmond About à la gloire cassée,* » c'est-à-dire les satires XXIII, XXIV, XXV, XXVI et XXVII qui forment précisément notre cinquième livraison.

Soit que *Méphistophélès* commence à penser, avec toute justice, que ses lecteurs en ont peut-être assez pour le moment de ce débordement de poésie satirique, — car s'il faut des vers dans un journal, pas trop n'en faut; — soit que le ton un peu personnel et virulent de notre guerre à M. About ne rentrât pas tout à fait dans les cordes habituelles et dans les convenances de ce journal, — ce que nous comprenons parfaitement, — nous n'avons pas cru devoir insister auprès de lui pour le forcer à intervenir dans notre querelle particulière

C'est pourquoi ne voulant à aucun prix rester sous le coup de cette accusation vague, nous allons prouver que nos satires ne sont au service de personne qu'au nôtre, d'abord ; ensuite à la justice et à la vérité.

Mais puisqu'il nous reste quelques pages disponibles, pourquoi ne donnerions-nous pas au public LA CLEF de notre sévérité, — nous ne disons pas hostilité contre un écrivain qui, à tant d'égards, a conservé si longtemps et nos sympathies, et notre admiration, — ainsi que LA CLEF de la plupart de nos colères?...

En effet, je puis le faire aujourd'hui, à coup sûr; je suis entièrement édifié sur le rôle qu'on a fait jouer, bon gré malgré, à M. Hugo et à ses amis, dans le drame vraiment formidable qui n'a cessé de se développer autour de mon front, de ma pensée et de ma raison, depuis le jour où mon exil a commencé, c'est-à-dire depuis 1855.

Il est évident qu'organisé comme je l'étais pour la lutte et la guerre de polémique, avec cette volonté indomptable que l'on me connaissait, si j'avais pu trouver un arc-boutant pour y appuyer mon talon, j'aurais fait probablement plus et beaucoup mieux que je n'ai fait... Et ce qu'on voulait à tout prix, — on l'a bien vu depuis, — c'est que je ne fisse rien du tout, ainsi que me le signifiait M. Janin, en 1855, *sous peine de mort.*

Il fallait donc m'isoler absolument de tous les hommes de pensée, de génie et d'action chez lesquels je pouvais naturellement trouver un point d'appui. Ce fut dans ce but que l'on manœuvra autour de Victor Hugo, de Ledru-Rollin, de Louis Blanc, de Caussidière, de Pierre Leroux, de Félix Pyat, de Raspail, de Proudhon, de Charras, de M. Baze, et probablement aussi un peu des princes de la famille royale exilée.

Chacun de ces messieurs fut nécessairement pris par son côté faible, soupçonneux, rancuneux, intolérant, passionné... — On sait que le côté faible de Victor Hugo est surtout la royauté déchue de sa poétique romantique, comme l'a si bien définie Jules Janin dans cette admirable préface qu'on vient de lire.

Or, Victor Hugo avait reçu, dès 1850, comme Ponsard, comme Emile Augier, comme Mme de Girardin, comme Alexandre Dumas, comme Jules Janin, mon premier *drame utilitaire*, le *Baron de Saint-Ignace*, ou *Tartuffe en* 1850, qui, après la *Lucrèce* de Ponsard, a été la protestation la plus accentuée contre les excès de la fantaisie et de l'invraisemblance de l'école romantique.

Hâtons-nous maintenant de rendre la parole à l'ami le plus cher, au confident le plus intime des pensées les plus secrètes du *roi littéraire*... LE ROI... MACBETH :

    « *Où se rendront les habitants opposants de cette petite île* qu'il a conquise?
« A présent, *comment être poète autrement que lui! comment oser s'avouer*
« *d'une autre secte! La dictature* est déclarée, les faisceaux et les haches
« sont là; *les plus fiers ont baissé la tête.*

    « Vous parlez des *terreurs politiques*, mon ami; la *terreur littéraire* est
« bien plus à craindre : le drame a eu ses *septembriseurs*; au Théâtre-Fran-

│ çais on a crié : *A la lanterne!* │ Vous n'avez pas vu cela, Ariste ; mais je l'ai vu moi et je ne vous le rapporte qu'en tremblant.

│ Que voulez-vous? on ne fait pas *une œuvre d'art* sans quelque bruit, on
│ ne jette pas au dehors *une pen ée complet de poète* sans un peu de scan-
│ dale; on est Luther ou on ne l'est pa . Qui dit Luther, dit toute une lon-
│ gue histoire *pleine de sang et de bûchers!...*

│ Témoin *le d spoti me de* Voltaire et des encyclopédistes, et GILBERT
│ MORT et J.-J. ROUSSEAU DEVENU FOU!

│ (JULES JANIN. — Préface de la *Confession*, 1831.) │

La voilà donc CETTE CLEF que nous annoncions en commen-
çant ce *post-scriptum!...* Voilà donc pourquoi on nous forçait,
tantôt sous un masque et tantôt sous un autre, à quitter Londres, New-York, l'ile de Jersey et encore Londres!... Voilà
donc pourquoi, dès notre arrivée en Belgique, on déchaînait à
la même heure contre nous la *Tribune* de Liège, le *Journal des
Débats*, le *Journal de Bruxelles*, et tant d'autres que nous avons
ignorés, pour soulever à la fois contre notre personne toutes les
nuances de la population, dans tous les pays! Voilà donc pourquoi les Hetzel, les Péan, les Parfait, nous demandaient, en
ricanant, *où nous irions lorsqu'on nous aurait enfin rendu la
vie impossible, en Belgique, comme ailleurs?...* Voilà donc
pourquoi... mais nous n'en finirions pas et l'espace va nous faire
défaut!... Et puis, à quoi bon répéter ce que tout le monde
sait... et ce qui se retrouve dans tous nos écrits?...

Ajoutons seulement que l'homme qu'on laissait ainsi con-
damner au bûcher perpétuel, à la folie, au suicide, s'était trouvé,
un beau matin, sans le savoir, un écrivain, un penseur, un poëte
enfin... mais, hélas! un poëte qui ne veut reconnaître aucune
royauté... aucun joug... aucune église... littéraire!...

Et voilà comment et pourquoi... on l'immole... pour la plus
grande gloire de Saint-Vincent de Paul et du pouvoir temporel!

Bruxelles, le 26 juillet 1862.

Bruxelles. Typ. de J. NYS, rue Potagère, 57.